Todos los libros de Linkgua Ediciones cuentan con modelos de Inteligencia Artificial entrenados por hispanistas. Pregúntale al chat de tu libro lo que desees acerca de la obra o su autor/a.

Para ebooks: Accede a nuestro modelo de IA a través de este enlace.

Para libros impresos: Escanea el código QR de la portada con tu dispositivo móvil.

Obtén análisis detallados de nuestros libros, resúmenes, respuestas a tus preguntas y accede a nuestras ediciones críticas generativas para una experiencia de lectura más enriquecedora.
La transparencia y el respeto hacia la autoría de las fuentes utilizadas son distintivos básicos de nuestro proyecto. Por ello, las respuestas ofrecen, mediante un sistema de citas, las fuentes con las que han sido elaboradas.

Juan Valera

El pájaro verde

Barcelona 2024
Linkgua-ediciones.com

Créditos

Título original: El pájaro verde.

Sumario

Créditos   4

Brevísima presentación   7
   La vida   7

El pájaro verde   9
   I   9
   II   13
   III   17
   IV   23
   V   25
   VI   28
   VII   32

Libros a la carta   41

Brevísima presentación

La vida

Juan Valera (Cabra, Córdoba, 1824-Madrid, 1905). España. Político y diplomático, fue un hombre culto y refinado, con numerosas aventuras amorosas y amistades literarias. Se inició en el servicio diplomático con el duque de Rivas, embajador en Nápoles, y allí estudió griego. Más tarde estuvo en Portugal, Rusia, Alemania, Brasil, Estados Unidos, Bélgica y Austria.

El pájaro verde

Hubo, en época muy remota de esta en que vivimos, un poderoso rey, amado con extremo de sus vasallos y poseedor de un fertilísimo, dilatado y populoso reino allá en las regiones de Oriente. Tenía este rey inmensos tesoros y daba fiestas espléndidas. Asistían en su corte las más gentiles damas y los más discretos y valientes caballeros que entonces había en el mundo. Su ejército era numeroso y aguerrido. Sus naves recorrían como en triunfo el Océano. Los parques y jardines, donde solía cazar y holgarse, eran maravillosos por su grandeza y frondosidad y por la copia de alimañas y de aves que en ellos se alimentaban y vivían.

Pero ¿qué diremos de sus palacios y de lo que en sus palacios se encerraba, cuya magnificencia excede a toda ponderación? Allí muebles riquísimos, tronos de oro y de plata y vajillas de porcelana, que era entonces menos común que ahora; allí enanos, gigantes, bufones y otros monstruos para solaz y entretenimiento de Su Majestad; allí cocineros y reposteros profundos y eminentes, que cuidaban de su alimento corporal, y allí no menos profundos y eminentes filósofos, poetas y jurisconsultos, que cuidaban de dar pasto a su espíritu, que concurrían a su consejo privado, que decidían las cuestiones más arduas de derecho, que aguzaban y ejercitaban el ingenio con charadas y logogrifos, y que cantaban las glorias de la dinastía en colosales epopeyas.

Los vasallos de este rey le llamaban con razón el Venturoso. Todo iba de bien en mejor durante su reinado. Su vida había sido un tejido de felicidades, cuya brillantez empañaba solamente con negra sombra de dolor la temprana muerte de la señora reina, persona muy cabal y hermosa, a quien Su Majestad había querido con todo su corazón. Imagínate, lector, lo que la lloraría, y más habiendo sido él, por el mismo acendrado cariño que la tenía, causa inocente de su muerte.

Cuentan las historias de aquel país que ya llevaba el rey siete años de matrimonio sin lograr sucesión, aunque vehementemente la deseaba, cuando ocurrieron unas guerras en país vecino. El rey partió con sus tropas; pero antes se despidió de la señora reina con mucho afecto. Esta, dándole un abrazo, le dijo al oído:

—No se lo digas a nadie para que no se rían si mis esperanzas no se logran; pero me parece que estoy encinta.

La alegría del rey con esta nueva no tuvo límites, y como todo le sale bien al que está alegre, él triunfó de sus enemigos en la guerra, mató por su propia mano a tres o cuatro reyes que le habían hecho no sabemos qué mala pasada, asoló ciudades, hizo cautivos y volvió cargado de botín y de gloria a la hermosa capital de su monarquía.

Habían pasado en esto algunos meses; así es que, al atravesar el rey con gran pompa la ciudad, entre las aclamaciones y el aplauso de la multitud y el repiqueteo de las campanas, la reina estaba pariendo, y parió con felicidad y facilidad, a pesar del ruido y agitación y aunque era primeriza.

¡Qué gusto tan pasmoso no tendría Su Majestad cuando, al entrar en la real cámara, el comadrón mayor del reino le presentó a una hermosa princesa que acababa de nacer! El rey dio un beso a su hija, y se dirigió lleno de júbilo, de amor y de satisfacción al cuarto de la señora reina, que estaba en la cama tan colorada, tan fresca y tan bonita como una rosa de mayo.

—¡Esposa mía! —exclamó el rey, y la estrechó entre sus brazos. Pero el rey era tan robusto y era tan viva la efusión de su ternura, que sin más ni menos ahogó sin querer a la reina. Entonces fueron los gritos, la desesperación y el llamarse a sí propio animal, con otras elocuentes muestras de doloroso sentimiento. Mas no por esto resucitó la reina, la cual, aunque muerta, estaba divina. Una sonrisa de inefable deleite se diría que aún vagaba sobre sus labios. Por ellos, sin duda, había volado el alma envuelta en un suspiro de amor, y orgullosa de haber sabido inspirar cariño bastante para producir aquel abrazo. ¡Qué mujer verdaderamente enamorada no envidiará la suerte de esta reina!

El rey probó el mucho cariño que le tenía, no solo en vida de ella, sino después de su muerte. Hizo voto de viudez y de castidad perpetuas, y supo cumplirle. Mandó componer a los poetas una corona fúnebre, que aun dicen que se tiene en aquel reino como la más preciosa joya de la literatura nacional. La corte estuvo tres años de luto. Del mausoleo que se levantó a la reina solo fue posteriormente el de Caria un mezquino remedo.

Pero como, según dice el refrán, no hay mal que dure cien años, el rey, al cabo de un par de años, sacudió la melancolía, y se creyó tan venturoso o más venturoso que antes. La reina se le aparecía en sueños, y le decía que estaba gozando de Dios, y la princesita crecía y se desarrollaba que era un contento.

Al cumplir la princesita los quince años era, por su hermosura, entendimiento y buen trato, la admiración de cuantos la miraban y el asombro de cuantos la oían. El rey la hizo jurar heredera del trono, y trató luego de casarla.

Más de quinientos correos de gabinete, caballeros en sendas cebras de posta, salieron a la vez de la capital del reino con despachos para otras tantas cortes, invitando a todos los príncipes a que viniesen a pretender la mano de la princesa, la cual había de escoger entre ellos al que más le gustase.

La fama de su portentosa hermosura había recorrido ya el mundo todo; de suerte que, apenas fueron llegando los correos a las diferentes cortes, no había príncipe, por ruin y parapoco que fuese, que no se decidiera a ir a la capital del rey Venturoso, a competir en justas, torneos y ejercicios de ingenio por la mano de la princesa. Cada cual pedía al rey su padre armas, caballos, su bendición y algún dinero, con lo cual, al frente de una brillante comitiva, se ponía en camino.

Era de ver cómo iban llegando a la corte de la princesita todos estos altos señores. Eran de ver los saraos que había entonces en los palacios reales. Eran de admirar, por último, los enigmas que los príncipes se proponían para mostrar la respectiva agudeza; los versos que escribían; las serenatas que daban; los combates del arco, del pugilato y de la lucha, y las carreras de carros y de caballos, en que procuraba cada cual salir vencedor de los otros y ganarse el amor de la pretendida novia.

Pero ésta, que, a pesar de su modestia y discreción, estaba dotada, sin poderlo remediar, de una índole arisca, descontentadiza y desamorada, abrumaba a los príncipes con su desdén, y de ninguno de ellos se le importaba un ardite. Sus discreciones le parecían frialdades, simplezas sus enigmas, arrogancia sus rendimientos y vanidad o codicia de sus riquezas el amor que le mostraban. Apenas se dignaba mirar sus ejercicios caballerescos, ni oír sus serenatas, ni sonreír agradecida a sus versos de amor. Los magníficos regalos que cada cual le había traído de su tierra estaban arrinconados en un zaquizamí del regio alcázar.

La indiferencia de la princesa era glacial para todos los pretendientes. Solo uno, el hijo del Kan de Tartaria, había logrado salvarse de su indiferencia para incurrir en su odio. Este príncipe adolecía de una fealdad sublime. Sus ojos eran oblicuos, las mejillas y la barba salientes, crespo y enmarañado el pelo, rechoncho y pequeño el cuerpo, aunque de titánica pujanza, y el genio intranquilo, mofador y orgulloso. Ni las personas más inofensivas estaban libres de sus burlas, siendo principal blanco de ellas el ministro de Negocios Extranjeros del rey Venturoso, cuya gravedad, entono y cortas luces, así como lo detestablemente que hablaba el sanscrito, lengua diplomática de entonces, se prestaban algo al escarnio y a los chistes.

Así andaban las cosas, y las fiestas de la corte eran más brillantes cada día. Los príncipes, sin embargo, se desesperaban de no ser queridos; el rey Venturoso rabiaba al ver que su hija no acababa de decidirse, y ésta continuaba erre que erre en no hacer caso de ninguno, salvo del príncipe tártaro, de quien con sus pullas y declarado aborrecimiento vengaba con usura al famoso ministro de su padre.

II

Aconteció, pues, que la princesa, en una hermosa mañana de primavera, estaba en su tocador. La doncella favorita peinaba sus dorados, largos y suavísimos cabellos. Las puertas de un balcón, que daba al jardín, estaban abiertas para dejar entrar el vientecillo fresco y con él el aroma de las flores.

Parecía la princesa melancólica y pensativa y no dirigía ni una sola palabra a su sierva.

Esta tenía ya entre sus manos el cordón con que se disponía a enlazar la áurea crencha de su ama, cuando a deshora entró por el balcón un preciosísimo pájaro, cuyas plumas parecían de esmeralda, y cuya gracia en el vuelo dejó absortas a la señora y a su sirvienta. El pájaro, lanzándose rápidamente sobre esta última, le arrebató de las manos el cordón y volvió a salir volando de aquella estancia.

Todo fue tan instantáneo, que la princesa apenas tuvo tiempo de ver al pájaro; pero su atrevimiento y su hermosura le causaron la más extraña impresión.

Pocos días después, la princesa, para distraer sus melancolías, tejía una danza con sus doncellas, en presencia de los príncipes. Estaban todos en los jardines y la miraban embelesados. De pronto sintió la princesa que se le desataba una liga, y, suspendiendo el baile, se dirigió con disimulo a un bosquecillo cercano para atársela de nuevo. Descubierta tenía ya Su Alteza la bien torneada pierna, había estirado ya la blanca media de seda y se preparaba a sujetarla con la liga que tenía en la mano, cuando oyó un ruido de alas, y vio venir hacia ella el pájaro verde, que le arrebató la liga en el ebúrneo pico y desapareció al punto. La princesa dio un grito y cayó desmayada.

Acudieron los pretendientes y su padre. Ella volvió en sí, y lo primero que dijo fue:

—¡Que me busquen el pájaro verde..., que me le traigan vivo..., que no le maten..., yo quiero poseer vivo el pájaro verde!

Mas en balde le buscaron los príncipes. En balde, a pesar de lo mandado por la princesa de que no se pensase en matar el pájaro verde, se soltaron contra él neblíes, sacres, gerifaltes y hasta águilas caudales, domesticadas y adiestradas en la cetrería. El pájaro verde no pareció ni vivo ni muerto.

El deseo no cumplido de poseerle atormentaba a la princesa y acrecentaba su mal humor. Aquella noche no pudo dormir. Lo mejor que pensaba de los príncipes era que no valían para nada.

Apenas vino el día, se alzó del lecho, y en ligeras ropas de levantar, sin corsé ni miriñaque, más hermosa e interesante en aquel deshabillé, pálida y ojerosa, se dirigió con su doncella favorita a lo más frondoso del bosque que estaba a la espalda de palacio, y donde se alzaba el sepulcro de su madre. Allí se puso a llorar y a lamentar su suerte.

—¿De qué me sirven —decía— todas mis riquezas, si las desprecio; todos los príncipes del mundo, si no los amo; de qué mi reino, si no te tengo a ti, madre mía, y de qué todos mis primores y joyas, si no poseo el hermoso pájaro verde?

Con esto, y como para consolarse algo, desenlazó el cordón de su vestido y sacó del pecho un rico guardapelo, donde guardaba un rizo de su madre, que se puso a besar. Mas apenas empezó a besarle, cuando acudió más rápido que nunca el pájaro verde, tocó con su ebúrneo pico los labios de la princesa y arrebató el guardapelo, que durante tantos años había reposado contra su corazón, y en tan oculto y deseado lugar había permanecido. El robador desapareció enseguida, remontando el vuelo y perdiéndose en las nubes.

Esta vez no se desmayó la princesa; antes bien, se paró muy colorada y dijo a la doncella:

—Mírame, mírame los labios; ese pájaro insolente me los ha herido, porque me arden.

La doncella los miró y no notó picadura ninguna; pero indudablemente el pájaro había puesto en ellos algo de ponzoña, porque el traidor no volvió a aparecer en adelante, y la princesa fue desmejorándose por grados, hasta caer enferma de mucho peligro. Una fiebre singular la consumía, y casi no hablaba sino para decir:

—Que no le maten... que me le traigan vivo... yo quiero poseerle.

Los médicos estaban de acuerdo en que la única medicina para curar a la princesa era traerle vivo el pájaro verde. Mas, ¿dónde hallarle? Inútil fue que le buscasen los más hábiles cazadores. Inútil que se ofreciesen sumas enormes a quien le trajera.

El rey Venturoso reunió un gran congreso de sabios a fin de qué averiguasen, so pena de incurrir en su justa indignación, quién era y dónde vivía el pájaro verde, cuyo recuerdo atormentaba a su hija.

Cuarenta días y cuarenta noches estuvieron los sabios reunidos, sin cesar de meditar y disertar sino para dormir un poco y alimentarse. Pronunciaron muy doctos y elocuentes discursos, pero nada averiguaron.

—Señor —dijeron al cabo todos ellos al rey, postrándose humildemente a sus pies e hiriendo el polvo con las respetables frentes—, somos unos mentecatos; haz que nos ahorquen; nuestra ciencia es una mentira: ignoramos quién sea el pájaro verde, y solo nos atrevemos a sospechar si será acaso el ave fénix del Arabia.

—Levantaos —contestó el rey con notable magnanimidad—; yo os perdono y os agradezco la indicación sobre el ave fénix. Sin tardanza saldrán siete de vosotros con ricos presentes para la reina de Sabá y con todos los recursos de que yo puedo disponer para cazar pájaros vivos. El fénix debe de tener su nido en el país sabeo, y de allí habéis de traérmele, si no queréis que mi cólera regia os castigue, aunque tratéis de evitarla escondiéndoos en las entrañas de la tierra.

En efecto, salieron para el Arabia siete sabios de los más versados en lingüística, y entre ellos el ministro de Negocios Extranjeros, sobre lo cual tuvo mucho que reír el príncipe tártaro.

Este príncipe envió también cartas a su padre, que era el más famoso encantador de aquella edad, consultándole sobre el caso del pájaro verde.

La princesa, en el ínterin, seguía muy mal de salud y lloraba tan abundantes lágrimas, que diariamente empapaba en ellas más de cincuenta pañuelos. Las lavanderas de palacio estaban con esto muy afanadas, y como entonces ni la persona más poderosa tenía tanta ropa blanca como ahora se usa, no hacían más que ir a lavar al río.

III

Una de estas lavanderas, que era, valiéndonos de cierta expresión a la moda, una pollita muy simpática, volvía un día, al anochecer, de lavar en el río los lacrimosos pañuelos de la princesa.

En medio del camino, y muy distante aún de las puertas de la ciudad, se sintió algo cansada y se sentó al pie de un árbol. Sacó del bolsillo una naranja, y ya iba a mondarla para comérsela, cuando se le escapó de las manos y empezó a rodar por aquella cuesta abajo con singular ligereza. La muchachuela corrió en pos de su naranja; pero mientras más corría más la naranja se adelantaba, sin que jamás se parase y sin que ella llegase a alcanzarla en la carrera, si bien no la perdía de vista. Cansada de correr, y sospechando, aunque poco experimentada en las cosas del mundo, que aquella naranja tan corredora no era del todo natural, la pobre se detenía a veces y pensaba en desistir de su empeño; pero la naranja al punto se detenía también, como si ya hubiese cesado en su movimiento y convidase a su dueño a que de nuevo la cogiese. Llegaba ella a tocarla con la mano, y la naranja se le deslizaba otra vez y continuaba su camino.

Embelesada estaba la lavanderilla en tan inaudita persecución, cuando notó al fin que se hallaba en un bosque intrincado, y que la noche se le venía encima, oscura como boca de lobo. Entonces tuvo miedo, y rompió en desconsoladísimo llanto. La oscuridad creció rápidamente, y ya no le permitió ni ver la naranja, ni orientarse, ni dar con el camino para volverse atrás.

Iba, pues, vagando a la ventura, afligidísima y muerta de hambre y cansancio, cuando columbró no muy lejos unas brillantes lucecitas. Imaginó ser las de la ciudad; dio gracias a Dios, y enderezó sus pasos hacia aquellas luces. Pero, ¡cuán grande no sería su sorpresa al encontrarse, a poco trecho y sin salir del intrincado bosque, a las puertas de un suntuosísimo palacio, que parecía un ascua de oro por lo que brillaba, y en cuya comparación pasaría por una pobre choza el espléndido alcázar del rey Venturoso!

No había guardia, ni portero, ni criados que impidiesen la entrada, y la chica, que no era corta y que, además, sentía el estímulo de la curiosidad y el deseo de albergarse y de comer algo, traspasó los umbrales, subió por una ancha y lujosa escalera de bruñido jaspe, y empezó a discurrir por los más ricos y elegantes salones que imaginarse pueden, aunque siempre sin ver a nadie. Los salones estaban, sin embargo, profusamente iluminados por mil lámparas de oro, cuyo perfumado aceite difundía suavísima fragancia. Los primorosos objetos que en los salones había eran para espantar por su riqueza y exquisito gusto, no ya a la lavanderilla, que poco de esto había disfrutado, sino a la mismísima reina Victoria, que hubiera confesado la relativa inferioridad de la industria inglesa, y hubiera dado patentes y medallas a los inventores y fabricantes de todos aquellos artículos.

La lavandera los admiró a su sabor, y admirándolos se fue poco a poco hacia un sitio de donde salía un rico olorcillo de viandas muy suculento y delicioso. De esta suerte llegó a la cocina, pero ni jefe, ni sota-cocineros, ni pinches, ni fregatrices había en ella; todo estaba desierto, como el resto del palacio. Ardían, no obstante, el fogón, el horno y las hornillas, y en ellos estaban al fuego infinito número de peroles, cacerolas y otras vasijas. Levantó nuestra aventurera la cubierta de una cacerola y vio en ella unas anguilas; levantó otra y vio una cabeza de jabalí desosada y rellena de pechugas de faisanes y de trufas; en resolución, vio los manjares más exquisitos que se presentan en las mesas de los reyes, emperadores y papas; y hasta vio algunos platos, al lado de los cuales los imperiales, papales y regios serían tan groseros como al lado de éstos un potaje de judías o un gazpacho.

Animada la chica con lo que veía y olía, se armó de un cuchillo y de un trinchante, y se lanzó con resolución sobre la cabeza de jabalí. Mas apenas hubo llegado a ella recibió en sus manos un golpe, dado al parecer por otra poderosa e invisible, y oyó una voz que le decía, tan de cerca que sintió la agitación del aire y el aliento caliente y vivo de las palabras:

—¡Tate... que es para mi señor el príncipe!

Se dirigió entonces a unas truchas salmonadas, creyéndolas manjar menos principesco y que le dejarían comer; pero la mano invisible vino de nuevo a castigar su atrevimiento, y la voz misteriosa a repetirle:

—¡Tate... que es para mi señor el príncipe!

Tentó, por último, mejor fortuna en tercero, cuarto y quinto plato; pero siempre le aconteció lo propio: así, tuvo con harta pena que resignarse a ayunar, y se salió despechada de la cocina.

Volvió luego a recorrer los salones, donde reinaba siempre la misma misteriosa soledad y donde el más profundo silencio parecía tener su morada, y llegó a una alcoba lindísima, en la cual solo dos o tres luces, encerradas y amortecidas en vasos de alabastro, derramaban una claridad indecisa y voluptuosa, que estaba convidando al reposo y al sueño. Había en esta alcoba una cama tan cómoda y mullida, que nuestra lavandera, que estaba cansadísima, no pudo resistir a la tentación de tenderse en ella y descansar. Iba a poner en ejecución su propósito, y ya se había sentado y se disponía a tenderse, cuando en la parte misma de su cuerpo con que acababa de tocar la cama sintió una dolorosa picadura, como si con un alfiler de a ochavo la punzasen, y oyó de nuevo una voz que decía:

—¡Tate... que es para mi señor el príncipe!

No hay que decir que la lavanderilla se asustó y afligió con esto, resignándose a no dormir, como a no comer se había resignado, y para distraer el hambre y el sueño se puso a registrar cuantos objetos había en la alcoba, llevando su curiosidad hasta levantar las colgaduras y los tapices.

Detrás de uno de éstos descubrió nuestra heroína una primorosa puertecilla secreta de sándalo con embutidos de nácar. La empujó suavemente, y, cediendo la puerta, se encontró en una escalera de caracol, de mármol blanco. Por ella bajó sin detenerse a uno como invernáculo, donde crecían las plantas y las flores más aromáticas y extrañas, y en cuyo centro había una taza inmensa, hecha, al parecer, de un solo, limpio y diáfano topacio. Se levantaba del medio de la taza un surtidor tan gigantesco como el que hay ahora en la Puerta del Sol, pero con la diferencia de que el agua del de la

Puerta del Sol es natural y ordinaria, y la de éste era agua de olor, y tenía, además, en sí misma todos los colores del iris y luz propia, lo cual, como ya calculará el lector, le daba un aspecto sumamente agradable. Hasta el murmullo que hacía esta agua al caer tenía algo más musical y acordado que el que producen otras, y se diría que aquel surtidor cantaba alguna de las más enamoradas canciones de Mozart o de Bellini.

Absorta estaba la lavandera mirando aquellas bellezas y gozando de aquella armonía, cuando oyó un grande estrépito y vio abrirse una ventana de cristales. La lavandera se escondió precipitadamente detrás de una masa de verdura, a fin de no ser vista y poder ver a las personas o seres que sin duda se acercaban.

Éstos eran tres pájaros rarísimos y lindísimos, uno de ellos todo verde y brillante como una esmeralda. En él creyó ver la lavandera, con notable contento, al que era causa, según todo el mundo aseguraba, de la pertinaz dolencia de la princesa Venturosa. Los otros dos pájaros no eran, ni con mucho, tan bellos; pero tampoco carecían de mérito singular. Los tres venían con muy ligero vuelo, y los tres se abatieron sobre la taza de topacio y se zambulleron en ella.

A poco rato vio la lavandera que del seno diáfano del agua salían tres mancebos tan lindos, bien formados y blancos, que parecían estatuas peregrinas hechas por mano maestra, con mármol teñido de rosas. La chica, que en honor de la verdad se debe decir que jamás había visto hombres desnudos, y que de ver a su padre, a sus hermanos y a otros amigos, vestidos y mal vestidos, no podía deducir hasta dónde era capaz de elevarse la hermosura humana masculina, se figuró que miraba a tres genios inmortales o a tres ángeles del cielo. Así es que, sin ruborizarse, los siguió mirando con bastante complacencia, como objetos santos y nada pecaminosos. Pero los tres salieron al punto del agua y pronto se vistieron de elegantes ropas.

Uno de ellos, el más hermoso de los tres, llevaba sobre la cabeza una diadema de esmeraldas, y era acatado de los otros como señor soberano. Si desnuda le pareció a la lavanderilla un ángel o un genio por la hermosura, ya vestido la deslumbró con su majestad, y le pareció el emperador del mundo y el príncipe más adorable de la tierra.

Aquellos señores se dirigieron enseguida al comedor y se sentaron en una espléndida mesa, donde había tres cubiertos preparados. Una música sumisa e invisible les hizo salva al llegar y les regaló los oídos mientras comían. Criados, invisibles también, iban trayendo los platos y sirviendo admirablemente la mesa. Todo esto lo veía y notaba la lavanderilla, que, sin ser vista ni oída, había seguido a aquellos señores y estaba escondida en el comedor detrás de un cortinaje.

Desde allí pudo oír algo de la conversación y comprender que el más hermoso de los mancebos era el príncipe heredero del grande Imperio de la China, y los otros dos, el uno su secretario y el otro su escudero más querido; los cuales estaban encantados y transformados en pájaros durante todo el día, y solo por la noche recobraban su ser natural, previo el baño de la fuente.

Notó asimismo la curiosa lavandera que el príncipe de las esmeraldas apenas comía, aunque sus familiares le rogaban que comiese, y que se mostraba melancólico y arrobado, exhalando a veces de lo más hondo del hermosísimo pecho un ardiente suspiro.

IV

Refieren las crónicas que vamos extractando que, terminado
ya aquel opíparo y poco alegre festín, el príncipe de las esmeraldas, volviendo en sí como de algún sueño, alzó la voz
y dijo:

—Secretario, tráeme la cajita de mis entretenimientos.

El secretario se levantó de la mesa y volvió de allí a poco
con la cajita más preciosa que han visto ojos mortales. Aquella en que encerró Alejandro la Iliada era, en comparación
de ésta, más chapucera y pobre que una caja de turrón de
Jijona.

El príncipe tomó la cajita en sus manos, la abrió y estuvo
largo rato contemplando con ojos amorosos lo que había en
el fondo de ella. Metió luego la mano en la cajita y sacó un
cordón. Le besó apasionadamente, derramó sobre él lágrimas de ternura y prorrumpió en estas palabras:

> ¡Ay, cordoncito de mi señora!
> ¡Quién la viera ahora!

Colocó de nuevo el cordón en la cajita, y sacó de ella una
liga bordada y muy limpia. La besó, la acarició también y
exclamó al besarla:

> ¡Ay, linda liga de mi señora!
> ¡Quién la viera ahora!

Sacó, por último, un precioso guardapelo, y si mucho había besado cordón y liga, más le besó y más le acarició aún,

diciendo con acento tristísimo, que partía los corazones y hasta las peñas:

¡Ay, guardapelo de mi señora!
¡Quién la viera ahora!

A poco el príncipe y los dos familiares se retiraron a sus alcobas, y la lavanderilla no se atrevió a seguirlos. Viéndose sola en el comedor, se acercó a la mesa, donde aún estaban casi intactos los ricos manjares, los confites, las frutas y los generosos y chispeantes vinos; pero el recuerdo de la voz misteriosa y de la mano invisible la detenían y la obligaban a contentarse con mirar y oler.

Para gozar de este incompleto deleite, se acercó tanto a los manjares, que vino a ponerse entre la mesa y la silla del príncipe. Entonces sintió, no ya una, sino dos manos invisibles que le caían sobre los hombros oprimiéndola. La voz misteriosa le dijo:

—Siéntate y come.

En efecto, se halló sentada en la misma silla del príncipe; y, ya autorizada por la voz, se puso a comer con un apetito extraordinario, que la novedad y lo exquisito de la comida hacían mayor aún, y comiendo se quedó profundamente dormida.

Cuando despertó era muy de día. Abrió los ojos, y se encontró en medio del campo, tendida al pie del árbol donde había querido comerse la naranja. Allí estaba la ropa que había traído del río, y hasta la naranja corredora estaba allí también.

—¿Si habrá sido todo un sueño? —dijo para sí la lavanderilla—. Quisiera volver al palacio del príncipe de la China para cerciorarme de que aquellas magnificencias son reales y no soñadas.

Diciendo esto, tiró al suelo la naranja para ver si le mostraba nuevamente el camino; pero la naranja rodaba un poco y luego se detenía en cualquier hoyo o tropiezo, o cuando el impulso con que se movía dejaba de ser eficaz. En suma, la naranja hacía lo que hacen de ordinario, en idénticas circunstancias, todas las naranjas naturales. Su conducta no tenía nada de extraño ni de maravilloso.

Despechada entonces la muchacha, partió la naranja y vio que por dentro era como las demás. Se la comió, y le supo a lo mismo que cuantas naranjas había comido antes.

Ya apenas dudó que había soñado.

—Ningún objeto tengo —añadió— con que convencerme a mí propia de la realidad de lo que he visto: mas iré a ver a la princesa y se lo contaré todo, por lo que pueda importarle.

V

Mientras acontecían, en sueño o en realidad, los poco ordinarios sucesos que quedan referidos, la princesa Venturosa, fatigada de tanto llorar, estaba durmiendo tranquilamente; y aunque eran ya las ocho de la mañana, hora en que todo el mundo solía estar levantado y aun almorzado en aquella época, la princesita, sin dar acuerdo de su persona, seguía en la cama.

Muy interesante juzgó, sin duda, su doncella favorita las nuevas que le traía, cuando se atrevió a despertarla. Entró en su alcoba, abrió la ventana y exclamó con alborozo:

—Señora, señora, despertad y alegraos, que ya hay quien os traiga nuevas del pájaro verde.

La princesa se despertó, se restregó los ojos, se incorporó y dijo:

—¿Han vuelto los siete sabios que fueron al país sabeo?

—Nada de eso —contestó la doncella—; quien trae las nuevas es una de las lavanderillas que lavan los lacrimosos pañuelos de vuestra alteza.

—Pues hazla entrar al momento.

Entró la lavanderilla, que estaba ya detrás de una puerta aguardando este permiso, y empezó a referir con gran puntualidad y despejo cuanto le había pasado.

Al oír la aparición del pájaro verde, la princesa se llenó de júbilo, y al escuchar su salida del agua convertido en hermoso príncipe, se puso encendida como la grana, una celestial y amorosa sonrisa vagó sobre sus labios y sus ojos se cerraron blandamente como para reconcentrarse ella en sí misma y ver al príncipe con los ojos del alma. Por último, al saber la mucha estima, veneración y afecto que el príncipe le tenía, y el amor y cuidado con que guardaba las tres prendas robadas en la preciosa cajita de sus entretenimientos, la princesita, a pesar de su modestia, no pudo contenerse, abrazó y besó a la lavanderilla y a la doncella e hizo otros extremos no menos disculpables, inocentes y delicados.

—Ahora sí —decía— que puedo llamarme propiamente la princesa Venturosa. Este capricho de poseer el pájaro verde no era capricho, era amor. Era y es un amor que, por oculto y no acostumbrado camino, ha penetrado en mi corazón. No he visto al príncipe, y creo que es hermoso. No le he hablado, y presumo que es discreto. No sé de los sucesos de su vida, sino que está encantado y que me tiene encantada, y doy por cierto que es valiente, generoso y leal.

—Señora —dijo la lavanderilla—, yo puedo asegurar a vuestra alteza que el príncipe, si mi visión no es un sueño vano, parece un pino de oro, y tiene una cara tan bondadosa y dulce que da gloria verla. El secretario no es mal mozo tampoco; pero al que yo, no sé por qué, le he tomado afición, es al escudero.

—Tú te casarás con el escudero —replicó la princesa—. Mi doncella, si gusta, se casará con el secretario, y ambas seréis mandarinas y damas de mi corte. Tu sueño no ha sido sueño, sino realidad. El corazón me lo dice. Lo que importa ahora es desencantar a los tres pájaros mancebos.

—¿Y cómo podremos desencantarlos? —dijo la doncella favorita.

—Yo misma —contestó la princesa— iré al palacio en que viven, y allí veremos. Tú me guiarás, lavanderilla.

Ésta, que no había terminado su narración, la terminó entonces, e hizo ver que no podía servir de guía.

La princesa la escuchó con mucha atención, estuvo meditando un rato, y dijo luego a la doncella:

—Ve a mi biblioteca y tráeme el libro de Los reyes contemporáneos y el Almanaque astronómico.

Venidos que fueron estos volúmenes, hojeó la princesa el de Los reyes, y leyó en alta voz los siguientes renglones:

«El mismo día en que murió el emperador chinesco, su único hijo, que debía heredarle, desapareció de la corte y de todo el Imperio. Sus súbditos, creyéndole muerto, han tenido que someterse al Kan de Tartaria.»

—¿Qué deducís de eso, señora? —dijo la doncella.

—¿Qué he de deducir —respondió la princesa Venturosa—, sino que el Kan de Tartaria es quien tiene encantado a mi príncipe para usurparle la corona? He ahí por qué aborrezco yo tanto al príncipe tártaro. Ahora me lo explico todo.

—Pero no basta explicárselo; menester es remediarlo —dijo la lavandera.

—De ello trato —añadió la princesa—, y para ello conviene que al instante se manden hombres armados, que inspiren la mayor confianza, a todos los caminos y encrucijadas por donde puedan venir los correos que envió el príncipe tártaro al rey su padre, para consultarle sobre el caso del pájaro verde. Las cartas que trajeren les serán arrebatadas y se me entregarán. Si los mensajeros se resisten, serán muertos; si ceden, serán aprisionados e incomunicados, a fin de que nadie sepa lo que acontece. Ni el rey mi padre ha de saberlo. Todo lo dispondremos entre las tres con el mayor sigilo. Aquí tenéis dinero bastante para comprar el silencio, la fidelidad y la energía de los hombres que han de ejecutar mi proyecto.

Y, efectivamente, la princesa, que ya se había levantado y estaba de bata y en babuchas, sacó de un escaparate dos grandes bolsas llenas de oro y se las dio a sus confidentas.

Éstas partieron sin tardanza a poner en ejecución lo convenido, y la princesa Venturosa se quedó estudiando profundamente el Almanaque astronómico.

VI

Cinco días habían pasado desde el momento en que tuvo lugar la escena anterior. La princesa no había llorado en todo ese tiempo, causando no poco asombro y placer al rey su padre. La princesa había estado hasta jovial y bromista, dando leves esperanzas a los príncipes pretendientes de que al fin se decidiría por uno de ellos, porque los pretendientes se las prometen siempre felices.

Nadie había sospechado la causa de tan repentina mudanza y de tan inesperado alivio en la princesa.

Solo el príncipe tártaro, que era diabólicamente sagaz, recelaba, aunque de una manera muy vaga, que la princesa había recibido alguna noticia del pájaro verde. Tenía, además, el príncipe tártaro el misterioso presentimiento de una gran desgracia, y había adivinado por el arte mágica, que su padre le enseñara, que en el pájaro verde debía mirar un enemigo. Calculando, además, como sabedor del camino y del tiempo que en él debe emplearse, que aquel día debían llegar los mensajeros que envió a su padre, y ansioso de saber lo que respondía éste a la consulta que le hizo, montó a caballo al amanecer, y con cuarenta de los suyos, todos bien armados, salió en busca de los mensajeros referidos.

Mas aunque el príncipe tártaro salió con gran secreto la princesa Venturosa, que tenía espías, y estaba, como vulgarmente se dice, con la barba sobre el hombro, supo al instante su partida y llamó a consejo a la lavanderilla y a la doncella.

Luego que las tuvo presentes, les dijo muy angustiada:

—Mi situación es terrible. Tres veces he ido inútilmente a tirar la naranja debajo del árbol desde donde la tiró la lavanderilla; pero la naranja no ha querido guiarme al alcázar de mi amante. Ni le he visto ni he podido averiguar el modo de desencantarle. Solo he averiguado, por el Almanaque astronómico, que la noche en que la lavanderilla le vio era el equinoccio de primavera. Acaso no sea posible volver a verle hasta el próximo equinoccio de la misma estación, y ya para entonces el príncipe tártaro me le habrá muerto. El príncipe le matará en cuanto reciba la carta de su padre, y ya ha salido a buscarla con cuarenta de los suyos.

—No os aflijáis, hermosa princesa —dijo la doncella favorita—; tres partidas de cien hombres están esperando a los mensajeros en diferentes puntos para arrebatarles la carta y traérosla. Los trescientos son briosos, llevan armas de finísimo temple y no se dejarán vencer por el príncipe tártaro, a pesar de sus artes mágicas.

—Sin embargo, yo soy de opinión —añadió la lavandera— de que se envíen más hombres contra el príncipe tártaro. Aunque éste, a la verdad, solo lleva cuarenta consigo, todos ellos, según se dice, tienen corazas y flechas encantadas, que a cada uno le hacen valer por diez.

El prudente consejo de la lavandera fue adoptado enseguida. La princesa hizo venir secretamente a su estancia al más bizarro y entendido general de su padre. Le contó todo lo que pasaba, le confió sus penas y le pidió su apoyo. Éste se le otorgó, y reuniendo apresuradamente un numeroso escuadrón de soldados, salió de la capital decidido a morir en la demanda o traer a la princesa la carta del Kan de Tartaria y al hijo del Kan, vivo o muerto.

Después de la partida del general, la princesa juzgó conveniente informar al rey Venturoso de cuanto había acontecido. El rey se puso fuera de sí. Dijo que toda la historia del pájaro verde era un sueño ridículo de su hija y la lavandera, y se lamentó de que fundada su hija en un sueño enviase a tantos asesinos contra un príncipe ilustre, faltando a las leyes de la hospitalidad, al derecho de gentes y a todos los preceptos morales.

—¡Ay, hija! —exclamaba—, tú has echado un sangriento borrón sobre mi claro nombre, si esto no se remedia.

La princesa se acongojó también y se arrepintió de lo que había hecho. A pesar de su vehemente amor al príncipe de la China, prefería ya dejarle eternamente encantado a que por su amor se derramase una sola gota de sangre.

Así es que se enviaron despachos al general para que no empeñase una batalla; pero todo fue inútil. El general había ido tan veloz, que no hubo medio de alcanzarle. Entonces aún no había telégrafos, y los despachos no pudieron entregarse. Cuando llegaron los correos donde estaba el general, vieron venir huyendo a todos los soldados del rey, y los imitaron. Los cuarenta de la escolta tártara, que eran otros tantos genios, corrían en su persecución transformados en espantosos vestiglos, que arrojaban fuego por la boca.

Solo el general, cuya bizarría, serenidad y destreza en las armas rayaba en lo sobrehumano, permaneció impávido en medio de aquel terror harto disculpable. El general se fue hacia el príncipe, único enemigo no fantástico con quien podía habérselas, y empezó a reñir con él la más brava y descomunal pelea. Pero las armas del príncipe tártaro estaban encantadas, y el general no podía herirle. Conociendo entonces que era imposible acabar con él si no recurría a una estratagema, se apartó un buen trecho de su contrario, se desató rápidamente una larga y fuerte faja de seda que le ceñía el talle, hizo con ella, sin ser notado, un lazo escurridizo, y revolviendo sobre el príncipe con inaudita velocidad, le echó al cuello el lazo y siguió con su caballo a todo correr, haciendo caer al príncipe y arrastrándole en la carrera.

De esta suerte ahogó el general al príncipe tártaro. No bien murió, los genios desaparecieron, y los soldados del rey Venturoso se rehicieron y reunieron a su jefe. Éste esperó con ellos a los enviados que traían la carta del Kan de Tartaria, y que no se hicieron esperar mucho tiempo.

Al anochecer de aquel mismo día volvió a entrar el general en el palacio del rey Venturoso con la carta del Kan de Tartaria entre las manos. Haciendo un gentil y respetuoso saludo, se la entregó a la princesa.

Rompió ésta el sello y se puso a leer, pero inútilmente: no entendió una palabra. Al rey Venturoso le sucedió lo mismo. Llamaron a todos los empleados en la interpretación de lenguas, que no descifraron tampoco aquella escritura. Los individuos de las doce reales academias vinieron luego y no se mostraron más hábiles.

Los siete sabios, tan profundos en lingüística, que acababan de llegar sin el ave fénix, y que por ende estaban condenados a morir, acudieron también; mas, aunque se les prometió el perdón si leían aquella carta, no acertaron a leerla, ni pudieron decir en qué lengua estaba escrita.

El rey Venturoso se creyó entonces el más desventurado de todos los reyes; se lamentó de haber sido cómplice de un crimen inútil, y temió la venganza del poderoso Kan de Tartaria. Aquella noche no pudo pegar los ojos hasta muy tarde.

Su dolor fue, con todo, mucho más desesperado cuando al despertarse al otro día muy de mañana supo que la princesa había desaparecido, dejándole escritas las siguientes palabras:

«Padre: ni me busques, ni pretendas averiguar adónde voy, si no quieres verme muerta. Bástete saber que vivo y que estoy bien de salud, aunque no volverás a verme hasta que tenga descifrada la carta misteriosa del Kan y desencantado a mi querido príncipe. Adiós.»

VII

La princesa Venturosa había ido con sus dos amigas, a pie y en romería, a visitar a un santo ermitaño que vivía en las soledades y asperezas de unas montañas altísimas que a corta distancia de la capital se parecían.

Aunque la princesa y sus amigas hubiesen querido ir caballeras hasta la ermita, no hubiera sido posible. El camino era más propio de cabras que de camellos, elefantes, caballos, mulos y asnos, que, con perdón sea dicho, eran los cuadrúpedos en que se solía cabalgar en aquel reino. Por esto y por devoción fue la princesa a pie y sin otra comitiva que sus dos confidentas.

El ermitaño que iban a visitar era un varón muy penitente y estaba en olor de santidad. El vulgo pretendía también que el ermitaño era inmortal, y no dejaba de tener razonables fundamentos para esta pretensión. En toda la comarca no había memoria de cuándo fue el ermitaño a establecerse en lo recóndito de aquella sierra, en la cual raras veces se dejaba ver de ojos humanos.

La princesa y sus amigas, atraídas por la fama de su virtud, y de su ciencia, anduvieron buscándole siete días por aquellos vericuetos y andurriales. Durante el día caminaban en su busca entre breñas y malezas. Por la noche se guarecían en las concavidades de los peñascos. Nadie había que las guiase, así por lo fragoso del sitio, ni de los cabrerizos frecuentado, como por el temor que inspiraba la maldición del ermitaño, pronto a echarla a quien invadía su dominio temporal o a quien le perturbaba en sus oraciones. Ya se entiende que este ermitaño, tan maldiciente, era pagano. A pesar de la natural bondad de su alma, su religión sombría y terrible le obligaba a maldecir y a lanzar anatemas. Pero las tres amigas, imaginando, como por inspiración, que solo el ermitaño podía descifrarles la carta, se decidieron a arrostrar sus maldiciones y le buscaron, según queda dicho, por espacio de siete días.

En la noche del séptimo iban ya las tres peregrinas a guarecerse en una caverna para reposar, cuando descubrieron al ermitaño mismo orando en el fondo. Una lámpara iluminaba con luz incierta y melancólica aquel misterioso retiro.

Las tres temblaron de ser maldecidas, y casi se arrepintieron de haber ido hasta allí. Pero el ermitaño, cuya barba era más blanca que la nieve, cuya piel estaba más arrugada que una pasa y cuyo cuerpo se asemejaba a un consunto esqueleto, echó sobre ellas una mirada penetrante con unos ojos, aunque hundidos, relucientes como dos ascuas, y dijo con voz entera, alegre y suave.

—Gracias al cielo que al fin estáis aquí. Cien años ha que os espero. Deseaba la muerte, y no podía morir hasta cumplir con vosotras un deber que me ha impuesto el rey de los genios. Yo soy el único sabio que habla aún y entiende la lengua riquísima que se hablaba en Babel antes de la confusión. Cada palabra de esta lengua es un conjuro eficaz que fuerza y mueve a las potestades infernales a servir a quien la pronuncia. Las palabras de esta lengua tienen la virtud de atar y desatar todos los lazos y leyes que unen y gobiernan las cosas naturales. La cábala no es sino un remedo groserísimo de esta lengua incomunicable y fecunda. Dialectos pobrísimos e imperfectísimos de ella son los más hermosos y completos idiomas del día. La ciencia de ahora, mentira y charlatanería, en comparación de la ciencia que aquella lengua llevaba en sí misma. Cada nombre de esta lengua contiene en sus letras la esencia de la cosa nombrada y sus ocultas calidades. Las cosas todas, al oírse llamar por su verdadero nombre, obedecen a quien las llama. Era tal el poder del linaje humano cuando poseía esta lengua, que pretendió escalar el cielo, y lo hubiera indudablemente conseguido si el cielo no hubiese dispuesto que la lengua primitiva se olvidase.

Solo tres sabios bienintencionados, de los cuales han muerto ya dos, guardaron en la memoria aquel idioma. Le guardaron asimismo, por especial privilegio de los diablos,

Nembrot y sus descendientes. El último de éstos murió, una semana ha, por disposición tuya, ¡oh princesa Venturosa!, y ya no queda en el mundo sino una sola persona que pueda descifrarte la carta del Kan de Tartaria. Esa persona soy yo: y para hacerte ese servicio, el rey de los genios ha conservado siglos mi vida.

—Pues aquí tienes la carta, ¡oh venerable y profundo sabio! —dijo la princesa, poniendo en manos del ermitaño el misterioso escrito.

—Al punto voy a descifrártela —contestó el ermitaño, y se caló los espejuelos, y se acercó a la lámpara para leer. Más de dos horas estuvo leyendo en alta voz en la lengua en que la carta estaba escrita. A cada palabra que pronunciaba, el universo se conmovía, las estrellas se cubrían de mortal palidez, la Luna temblaba en el cielo como tiembla su imagen entre las olas del Océano, y la princesa y sus amigas tenían que cerrar los ojos y que taparse los oídos para no ver los espectros que se mostraban y para no oír las voces portentosas, terribles o dolientes, que partían de las entrañas mismas de la conturbada naturaleza.

Acabada la lectura, se quitó el ermitaño los espejuelos, y dijo con voz reposada:

—No es justo, ni conveniente, ni posible, ¡oh princesa Venturosa!, que sepas todo lo que en esta abominable carta se encierra. No es justo ni conveniente, porque hay en ella tremebundos y endemoniados misterios. No es posible, porque en cuantas lenguas humanas se hablan en el día son estos misterios inefables, inenarrables y hasta inexplicables. El linaje humano, por medio de su incompleta y enfermiza razón, llegará a conocer, cuando pasen millares de años, algunos accidentes de las cosas; pero siempre ignorará la sustancia que yo conozco, que conoce el Kan de Tartaria y que han conocido los sabios primitivos que se valieron, para sus elucubraciones, de esta lengua perfectísima e intransmisible ya por nuestros pecados.

—Pues estamos frescas —dijo la lavanderilla— si después de lo que hemos pasado para encontraros y siendo vos el único que podéis traducir esa enmarañada carta, salís ahora con que no queréis traducirla.

—Ni quiero ni debo —replicó el vetusto y secular ermitaño—; pero sí os diré lo que la carta contiene de interés para vosotras, y os lo diré en brevísimas palabras, sin pararme en dibujos, porque los momentos de mi vida están contados y mi muerte se acerca. El príncipe de la China es, por sus virtudes, talento y hermosura, el favorito del rey de los genios, el cual le ha salvado mil veces de las asechanzas que el Kan de Tartaria ponía contra su vida. Viendo el Kan que le era imposible matarle, determinó valerse de un encanto para tenerle lejos de sus súbditos y reinar en lugar suyo en el Celeste Imperio. Bien hubiera querido el Kan que este encanto fuera indestructible y eterno; mas no pudo lograrlo, a pesar de sus maravillosos conocimientos en la magia. El rey de los genios se opuso a su mal deseo, y si bien no pudo hacer completamente ineficaces sus encantamientos y conjuros, supo despojarlos de gran parte de su malicia. Al príncipe, aunque convertido en pájaro, se le dio facultad para recobrar por la noche su verdadera figura. Tuvo también el príncipe un palacio donde vivir y ser tratado con todo el miramiento, honores y regalo debidos a su augusta categoría. Se acordó, por último, su desencanto si se cumplían las siguientes condiciones, que el Kan, así por la mala opinión que tiene de las mujeres como por lo pervertida y viciosa que está la raza humana en general, juzgó imposible de cumplir. Fue la primera condición, ya cumplida, que una mujer de veinte años, discreta, briosa y apasionada y de la más baja clase del pueblo, viese a los tres mancebos encantados, que son los más hermosos que hay en el mundo, salir desnudos del baño, y que la limpieza y castidad de su alma fuesen tales que no se turbasen ni empañasen con el más ligero estímulo de liviandad. Esta prueba había de hacerse en el equinoccio de primavera, cuando la naturaleza toda excita al amor. La mujer debía sentirle por la hermosura y admirarla vivamente; pero de un modo espiritual y santísimo. Fue la segunda condición, ya cumplida también, que el príncipe, sin poder mostrarse sino tres instantes, y esto bajo la forma de pájaro verde, inspirase un amor tan vehemente y casto como invencible a una princesa de su clase. La tercera condición, que ahora se está acabando de cumplir, fue que la princesa se apoderase de esta carta, y que yo la interpretara. La cuarta y última condición, en cuyo cumplimiento habéis de intervenir las tres doncellas que me estáis oyendo, es como sigue. Solo me quedan dos minutos de vida; mas antes de morir os pondré en el palacio del príncipe, al lado de la taza de topacio. Allí irán los pájaros y se zambullirán, y se transformarán en hermosísimos mancebos. Vosotras tres los veréis; mas habéis de conservar, viéndolos, toda la castidad de vuestros pensamientos y toda la virginidad de vuestras almas, amando, empero, cada una a uno de los tres, con un amor santo e inocente. La princesa ama ya al príncipe de la China y la lavanderilla al escudero, y ambas han mostrado la inocencia de su amor: ahora falta que la doncella favorita de la princesa se enamore del secretario por idéntico estilo. Cuando los tres mancebos encantados vayan al comedor, los seguiréis sin ser vistas, y allí permaneceréis hasta que el príncipe pida la cajita de sus entretenimientos y diga, besando el cordoncito:

¡Ay, cordoncito de mi señora!
¡Quién la viera ahora!

La princesa entonces, y vosotras con la princesa, os mostraréis al punto, y cada una dará un tierno beso en la mejilla izquierda al objeto de su amor. El encanto quedará deshecho en el acto, el Kan de Tartaria morirá de repente y el príncipe de la China, no solo poseerá el Celeste Imperio, sino que heredará asimismo todos los kanatos, reinos y provincias que por derecho propio posee aquel encantador endiablado.

Apenas el ermitaño acabó de decir estas palabras, hizo una mueca muy rara, entreabrió la boca, estiró las piernas y se quedó muerto.

La princesa y sus amigas se encontraron de súbito detrás de una masa de verdura, al lado de la taza de topacio.

Todo se cumplió como el ermitaño había dicho.

Las tres estaban enamoradas; las tres eran castísimas e inocentes. Ni siquiera en el punto comprometido de dar el regalado y apretado beso sintieron más que una profunda conmoción toda mística y pura.

Así es que inmediatamente quedaron desencantados los tres mancebos. La China y la Tartaria fueron dichosas bajo el cetro del príncipe. La princesa y sus amigas lo fueron más aún casadas con aquellos hombres tan lindos. El rey Venturoso abdicó y se fue a vivir a la corte de su yerno, que estaba en Pekín. El general que mató al príncipe tártaro obtuvo todas las condecoraciones de China, el título de primer mandarín y una pensión de miles de miles para él y sus herederos.

Se cuenta, por último, que la princesa Venturosa y el ya emperador de China vivieron largos y felices años y tuvieron media docena de chiquillos a cual más hermosos. La lavanderilla y la doncella, con sus respectivos maridos, siguieron siempre gozando del favor de sus majestades y siendo los señores más principales de toda aquella tierra.

Libros a la carta

A la carta es un servicio especializado para
empresas,
librerías,
bibliotecas,
editoriales
y centros de enseñanza;
y permite confeccionar libros que, por su formato y concepción, sirven a los propósitos más específicos de estas instituciones.

Las empresas nos encargan ediciones personalizadas para marketing editorial o para regalos institucionales. Y los interesados solicitan, a título personal, ediciones antiguas, o no disponibles en el mercado; y las acompañan con notas y comentarios críticos.

Las ediciones tienen como apoyo un libro de estilo con todo tipo de referencias sobre los criterios de tratamiento tipográfico aplicados a nuestros libros que puede ser consultado en Linkgua-ediciones.com.

Linkgua edita por encargo diferentes versiones de una misma obra con distintos tratamientos ortotipográficos (actualizaciones de carácter divulgativo de un clásico, o versiones estrictamente fieles a la edición original de referencia).

Este servicio de ediciones a la carta le permitirá, si usted se dedica a la enseñanza, tener una forma de hacer pública su interpretación de un texto y, sobre una versión digitalizada «base», usted podrá introducir interpretaciones del texto fuente. Es un tópico que los profesores denuncien en clase los desmanes de una edición, o vayan comentando errores de interpretación de un texto y esta es una solución útil a esa necesidad del mundo académico.

Asimismo publicamos de manera sistemática, en un mismo catálogo, tesis doctorales y actas de congresos académicos, que son distribuidas a través de nuestra Web.

El servicio de «libros a la carta» funciona de dos formas.

1. Tenemos un fondo de libros digitalizados que usted puede personalizar en tiradas de al menos cinco ejemplares. Estas personalizaciones pueden ser de todo tipo: añadir notas de clase para uso de un grupo de estudiantes, introducir logos corporativos para uso con fines de marketing empresarial, etc. etc.

2. Buscamos libros descatalogados de otras editoriales y los reeditamos en tiradas cortas a petición de un cliente.

www.ingramcontent.com/pod-product-compliance
Lightning Source LLC
Chambersburg PA
CBHW020607130626
46552CB00007B/3084